RAPPORT

les gîtes de plomb et d'arg...

D'ACHTALA

RAPPORT

SUR LES

Mines de Cuivre, de Plomb et d'Argent

D'ACHTALA

(CAUCASE)

PARIS

IMPRIMERIE ET LIBRAIRIE CENTRALES DES CHEMINS DE FER

IMPRIMERIE CHAIX

SOCIÉTÉ ANONYME AU CAPITAL DE SIX MILLIONS

Rue Bergère, 20

1886

Exemplaire $\mathcal{N}^o$

RAPPORT

SUR LES

Mines de Cuivre, de Plomb et d'Argent

D'ACHTALA

(CAUCASE)

PREMIÈRE PARTIE

CONSIDÉRATIONS GÉNÉRALES

I. — Situation géographique. — Les mines d'Achtala sont situées dans le gouvernement de Tiflis (Caucase), à 75 kilomètres au sud de cette ville et à 3 kilomètres environ de la vallée du Débédé tchaï, sur le versant nord du Petit-Caucase. Le chef-lieu du district, Choulavéry, est à environ 25 kilomètres des mines, sur la route de Tiflis.

La région dans laquelle se trouve Achtala est très montagneuse, quelques pics des environs atteignant une altitude supérieure à 2,500 mètres au-dessus du niveau de la mer.

La propriété d'Achtala (130 hectares) s'étend sur le versant méri-
dional du massif montagneux de Kirmantachi (1) (altitude environ
1,300 mètres) et est limitée au sud par la vallée du Tchamlouk
tchaï. Plusieurs vallées, qui déversent leurs eaux dans cette
rivière, sillonnent les flancs de la grande montagne. Elles sont
séparées entre elles par les monts Babéloutchan, Lahatamir et Soutokulan (altitude environ 1,100 mètres), dont les sommets, composés
d'aiguilles rocheuses, sont presque inaccessibles.

La plus importante de ces vallées est celle d'Achtala, à l'ouest de
laquelle sont situés les affleurements des filons. Le ruisseau
Nazik-Sou ou Achtala, qui la traverse, tombe en cascade d'une
hauteur de plus de 100 mètres et va rejoindre le Tchamlouk
tchaï, affluent du Débédé tchaï, qui lui-même se joignant à la
rivière Kram, déverse ses eaux dans la mer Caspienne par la
Koura.

Les montagnes du Petit-Caucase sont entièrement couvertes de
forêts, dans lesquelles croissent en abondance toutes les essences
des bois européens : chênes, charmes, ormes, hêtres, noyers et
pommiers sauvages sont fréquents dans ces montagnes, dont les
pics les plus élevés sont couverts de sapins.

Le pays est d'une extrême fertilité : des troupeaux nombreux
paissent dans les forêts ; et les champs, qui peuvent être irrigués à
volonté, produisent des récoltes merveilleuses. Dans la propriété
d'Achtala croissent des vignes, qui produisent un vin léger, mais
très agréable. Les légumes de toute nature peuvent être obtenus
dans les jardins qui couvrent le coteau de l'ouest de Tchamlouk.

Les habitants des environs d'Achtala sont des Tartares et des
Grecs, population très énergique et en même temps très docile,
dont on peut aisément tirer le meilleur parti. Les langues, qu'il est
utile de parler, sont le russe, le tartare et le grec. La seule de
ces langues qui présente quelques difficultés est le russe ; les deux
autres sont très faciles.

---

(1) Groupe montagneux situé à 250 kilomètres environ au nord du mont Ararat.

Le climat de la région est extrêmement tempéré et très sain. Pendant l'hiver, qui est de courte durée (15 décembre au 1er mars), la température s'abaisse rarement au-dessous de — 5 ou — 6 degrés centigrades. Pendant l'été, les chaleurs sont très grandes; mais, grâce à sa situation dans les montagnes, Achtala est absolument à l'abri des épidémies.

Une chaussée gouvernementale joint Tiflis à Choulavery ; une route permet d'arriver en voiture jusqu'à Achtala. Il existe aussi une route directe et plus courte entre Tiflis et Achtala, viâ Sadaklo ; mais cette voie ne peut être prise que pendant la saison sèche: au printemps, lorsque les pluies ont grossi les rivières, les gués (1) sont infranchissables.

Dans quelques années une voie ferrée reliera Tiflis à Alexandropol. Cette ligne franchira les montagnes du Petit-Caucase en remontant la vallée du Débédé tchaï. Le chemin de fer ne sera plus alors qu'à 3 kilomètres de la mine. La création de cette ligne, dont l'importance stratégique est considérable, ne fait l'objet d'aucun doute. Il sera facile alors d'obtenir l'établissement d'une station au confluent de Tchamlouk et du Débédé tchaï.

II. — Géologie générale. — Les environs d'Achtala ont été très tourmentés par les actions volcaniques et par les éruptions. Les terrains sédimentaires, appartenant à la formation crétacée, s'étaient primitivement déposés sur des assises plus anciennes et des granits ; mais ils ont été relevés par une éruption considérable de roches andésitiques, analogues aux Dacites de Hongrie. Plus tard un épanchement de laves trachytiques est venu recouvrir le pays et, par suite de l'action des eaux, des ravins profonds se sont formés. Semblables aux cañons du Colorado, ils sont bordés de falaises verticales, qui permettent d'observer l'horizontalité presque parfaite des divers épanchements volcaniques.

---

(1) En été, le gué de la rivière Kram, sur la route de Sadaklo à Tiflis, présente une hauteur d'eau d'environ 0m,50. En hiver, cette hauteur atteint parfois 1m,50.

Le massif des laves ne s'est pas formé d'une seule coulée; les divers bancs sont séparés entre eux par des lits de galets roulés, apportés par les eaux. Les épanchements divers présentent des épaisseurs très variables.

Les roches andésitiques offrent, suivant les points où elles sont observées, une grande variabilité de composition : elles passent du vert foncé au vert clair. Leur formation était primitivement un épanchement horizontal; mais aujourd'hui les couches sont très relevées. La roche renferme des globules d'opale et est recoupée en tous sens par des veines métalliques et des filons de quartz. La formation des veines et des filons est antérieure à celle des laves trachytiques, qui forment les canons et qui ne sont pas traversées.

L'action glaciaire semble avoir été peu importante dans ce pays: celle du diluvium est plus sensible. Les plaines des vallées du Débédé tchaï et de la rivière Kram semblent uniquement composées d'alluvions dues à de grandes inondations, produites par la fonte des glaciers du massif de l'Ararat.

III. — Historique. — L'histoire des mines d'Achtala est intimement liée à celle de la Géorgie et remonte à des temps très anciens. Cette mine était en effet la seule qui fournît à la Couronne l'or, l'argent et le cuivre pour la fabrication du numéraire. Dès le xie siècle, sous la reine Tamara, des ouvriers grecs exploitèrent les affleurements des filons; mais les guerres continuelles des Géorgiens contre les Persans et les Turcs arrêtèrent fréquemment l'exploitation. Un monastère de construction admirable s'était élevé dès le vi[e] siècle sur l'emplacement des mines. La reine Tamara le trouva en ruines et le restaura. Plus tard il fut détruit de nouveau.

Ce monastère, construit sur une roche escarpée, n'était accessible que du côté du nord. L'entrée en avait été défendue par une double ligne de murailles. Les églises, au nombre de six, avaient été élevées avec le plus grand luxe de sculptures et de fresques. Ces dépenses énormes, faites au milieu d'une contrée habitée par une population très pauvre de pasteurs, indiquent clairement que les mines d'Achtala étaient pour le pays une source de richesse considérable, qu'un personnel nombreux y était employé et que les rois de Géorgie attachaient une grande importance à ces exploitations.

Vers 1740, sous le roi Héraclius, le Louis XIV de la Géorgie, l'exploitation des mines fut reprise avec activité. Les ouvriers remettaient au roi tout l'argent qu'ils trouvaient ; ils gardaient l'or et le cuivre en paiement de leurs travaux. La production était d'environ 16 kilogrammes d'argent par semaine.

Dès la conquête du Caucase (1), le gouvernement russe envoya des ingénieurs pour organiser l'exploitation d'une manière scientifique ; mais, après deux ans de travaux (1801-1803), il fut décidé que les mines seraient abandonnées à cause de la difficulté du traitement des minerais et que la terre d'Achtala serait donnée au prince Korchmas Mélikoff, dont la famille avait au siècle précédent possédé cette terre pendant assez longtemps.

En 1840, les princes Mélikoff firent avec des entrepreneurs grecs un contrat pour l'exploitation des mines d'Achtala ; et, vers 1863, le prince Nicolas Baratoff se mit à la tête de l'exploitation. Pendant une période de neuf ans, le nouvel exploitant produisit 70,000 pouds (985,200 kilogrammes) de cuivre, dont le prix de revient était de 6 roubles et le prix de vente de 10 à 11 roubles par poud. Les minerais d'argent étaient négligés et jetés dans les haldes. Seuls, les minerais uniquement composés de pyrite cuivreuse étaient exploités et traités.

Bien que réalisant des bénéfices annuels considérables, le prince Nicolas Baratoff ne parvint pas à mettre de côté les fonds nécessaires à l'ouverture des travaux sur une grande échelle. Aussi chercha-t-il à constituer à St-Pétersbourg une société d'exploitation ; mais ses démarches furent entravées par la guerre de Turquie, il dut renoncer à son projet. (Tous ces renseignements ont été puisés dans les archives du Gouvernement russe à Tiflis.)

_____

(1) Les Russes s'emparèrent du district de Tiflis en 1801.

IV. — **Anciens travaux.** — Les anciennes exploitations n'ont porté que sur les affleurements des filons. Par de courts travers-bancs, les exploitants ont atteint le gisement dans lequel ils ont travaillé sans ordre et sans méthode. Suivant les colonnes riches et s'enfonçant dans le sol avec elles, ils ont de suite été arrêtés par les eaux, qui venaient s'accumuler au fond des travaux. Par suite de leur manque de prévoyance, les Géorgiens et les Grecs n'ont pu exploiter que certaines parties très voisines de la surface, la profondeur des travaux ne dépassant jamais 30 à 35 mètres.

En suivant la montagne Lahatamir sur son versant occidental, on rencontre au Sud quelques haldes sans importance, restes de travaux d'attaque qui n'ont donné aucun résultat.

En avançant vers le Nord, on rencontre les travaux d'Eminoglé (Εμυνογλε) qui, depuis plus de trois siècles, sont abandonnés. Quatre ou cinq galeries donnaient accès dans le gîte, mais aujourd'hui une seule est ouverte, et encore n'est-ce qu'en courant de grands dangers qu'on peut s'y aventurer. La plupart des travaux se sont écroulés par suite de la corruption des boisages. L'ouverture de ces travaux est située à une altitude de 64 mètres au-dessus du fond du ravin d'Achtala. Les galeries, dans lesquelles nous avons pu pénétrer, peuvent être visitées sur une longueur de 76^{m}90 (Pl. II. f. 1.). La profondeur des galeries au-dessous de l'entrée des travaux est de 22 mètres. Les eaux se trouvent à ce niveau. Les haldes d'Eminoglé accusent un exploitation peu importante.

En continuant d'avancer vers le Nord, on rencontre un grand nombre d'entrées de galeries dont les travaux sont restés sans résultat. Les débris dont les haldes sont formées, ne renferment que les roches qu'on rencontre dans tout le pays. Ces haldes sont d'ailleurs peu importantes.

Plus loin sont les mines de Kasina (Χασνα) (le trésor, la richesse). Sept entrées distinctes donnaient accès dans les travaux ; aujourd'hui deux seulement peuvent être visitées : l'une est remplie d'eau, l'autre est accessible. L'altitude de l'entrée principale au-dessus du ravin d'Achtala est de 121 mètres. Les travaux les plus profonds sont à 25 mètres environ au-dessous des ouvertures. Ces mines ont été travaillées au moyen âge et par les Russes en 1801-1803. Les haldes sont plus importantes qu'à Éminoglé. La longueur totale des galeries que nous avons pu visiter, est de 60^m,72 (Pl. II. f. 2).

Au fond du ravin d'Achtala, entre les montagnes Lahatamir et Soutokulan se trouve la galerie du prince Baratoff, Sou Yoll (galerie de l'eau), la seule qui ait été aménagée pour l'écoulement naturel des eaux. Le prince y avait établi une voie ferrée. L'altitude de son entrée au-dessus du fond du ravin est de 94 mètres ; la longueur totale des travaux était, dit-on, de 90 sagènes (192^m,06) ; mais, depuis que l'exploitation est arrêtée, des éboulements se sont produits ; aussi n'avons-nous pu visiter que 79^m,60 de galeries (Pl. II. f. 3).

Plus haut que Sou Yoll, sur le versant oriental du mont Soutokulan, sont les travaux de Polykron (Πολυχρον), dont l'importance semble avoir été plus considérable que partout ailleurs. Les haldes, qui sont assez fortes, correspondent à trois entrées distinctes, dont les galeries se réunissaient dans le filon. Une seule de ces entrées est praticable aujourd'hui ; les autres sont obstruées par les décombres et, malgré des travaux menés avec beaucoup de courage par l'un de nos maîtres mineurs, il nous a été impossible de passer les éboulements. L'altitude des entrées de galeries au-dessus du ravin d'Achtala est de 119 mètres ; la profondeur des travaux ne dépasse pas 30 mètres. La longueur totale des galeries est assez considérable et dépasse certainement 500 mètres ; mais nous n'avons pu en visiter que 150^m,80 (Pl. II, fig. 4), et encore la circulation dans ces travaux présentait-elle de réels dangers.

Les mines de Polykron ont été exploitées dès les temps les plus anciens. Le prince Baratoff en a extrait plus de 500 tonnes de minerai de toute nature. Les pyrites cuivreuses ont été traitées ; les minerais d'argent sont restés dans les haldes.

Les anciens, qui ne se faisaient aucune idée de la nature du gisement auquel ils avaient affaire, ont attaqué les montagnes dans tous les sens. Aussi trouve-t-on partout dans le pays des commencements de galeries qui ont été abandonnées l'une après l'autre, après quelques semaines de travail. Le même défaut d'ordre et de connaissances techniques a conduit les mineurs à faire, dans les travaux plus fructueux, des galeries dans toutes les directions.

En somme, les anciens travaux n'ont porté que sur les affleurements ; ils ont été peu importants et ne causeront plus tard aucun préjudice à l'exploitation régulière du gisement. Cette mine a jadis fourni des quantités considérables d'or, d'argent, de cuivre et de plomb qui étaient faciles à exploiter et à traiter ; et, d'après le peu d'importance des haldes, il serait impossible de croire à cette production si l'on ne savait par ailleurs que les minerais sont d'une abondance et d'une richesse extrêmes. Ces haldes renferment actuellement tous les minerais dont le traitement métallurgique était trop difficile pour les anciens. Ils constituent une richesse considérable disponible presque sans frais.

J'ai dit que dans tous les anciens travaux nous avons rencontr des éboulements formidables. La cause de ce manque de solidité est très facile à saisir ; en effet, les deux épontes du filon sont garnies de couches d'argile très grasse qui, mouillées peu à peu par les infiltrations, ont occasionné des glissements du remplissage filonnien entre les deux épontes. De plus, les anciens exploitants ne se sont jamais préoccupés de l'avenir de la mine, les remblais étaient inconnus et les vides produits par l'extraction des minerais étaient laissés sans soutien.

V. — Ancienne méthode de travail. — Dans les temps les plus anciens (1), l'abatage s'est toujours fait à la poudre ; mais, à cette époque comme maintenant d'ailleurs, les mineurs faisaient partir leurs coups de poudre sans les bourrer, de sorte que non seule-

---

(1) Les galeries dans lesquelles nous avons pu pénétrer ne sont certainement pas antérieures au xv⁵ siècle. Il est d'ailleurs certain qu'il existe d'autres travaux beaucoup plus anciens, mais il sont totalement éboulés.

ment ils perdaient la majeure partie de la matière explosible, mais encore il leur était impossible de placer leurs trous de mine d'une manière utile.

L'extraction au jour se faisait et se fait encore à l'aide de zambils, sacs en peau de vache, portés à dos d'homme. A chaque voyage un ouvrier transporte 3 à 5 pouds de matière, soit 50 à 80 kilogrammes.

On comprend aisément qu'avec de pareils procédés l'exploitation ait été très lente et relativement très coûteuse.

A leur sortie au jour les minerais étaient triés en deux ou trois catégories. Les pyrites cuivreuses étaient envoyées aux fours et les minerais complexes (cuivre, plomb, argent, or) étaient jetés dans les haldes. Les galènes plus pures étaient traitées pour argent et or.

VI. — Anciens procédés métallurgiques. — Les pyrites cuivreuses étaient grillées dans de larges fours cylindriques (hauteur 3^m,50, diamètre 3 mètres) munis de quatre prises d'air et d'une large ouverture à l'avant. Le combustible employé était le bois. La charge variait entre 1,000 et 2,000 pouds (16 à 32 tonnes). Les minerais étaient passés sept ou huit fois au four de grillage; puis l'opération était terminée au charbon de bois dans un four analogue, mais de plus petites dimensions.

Les scories résultant de ce travail jonchent le sol sur bien des points et il est facile de se rendre compte de l'imperfection des résultats qui étaient obtenus. Elles renferment une proportion considérable de grenailles de cuivre et de fragments de minerai cru ; elles ont enlevé la majeure partie de l'argent renfermé dans les pyrites (1).

Le cuivre produit était vendu à des marchands persans qui, à cause de sa teneur en argent, le payaient par poud deux roubles de plus que le cours, de sorte que les exploitants croyaient pro-

---

(1) Les ingénieurs russes avaient établi leur usine dans l'enceinte même du monastère ; les scories étaient jetées en bas de la falaise, tandis que le prince Baratoff avait construit ses fours en bas des haldes des mines qu'il exploitait.

duire du métal bien supérieur à celui de leurs voisins. Cette erreur existait encore en 1874, dans les derniers temps de l'exploitation du prince Baratoff (1).

VII. — Forêts. — La propriété d'Achtala est, il est vrai, couverte de bois, mais, par suite de la mauvaise administration des anciens propriétaires, ces forêts sont aujourd'hui dévastées. Tous les beaux arbres ont été enlevés et, depuis des siècles, les habitants abattent les bois au printemps pour donner à manger à leurs troupeaux. Comme de juste, aujourd'hui ces abus ont cessé, mais il sera difficile de trouver sur la terre même tous les combustibles et les bois de mine nécessaires à l'exploitation. On sera forcé d'en prendre une partie dans le voisinage à quelques kilomètres de la mine (2).

VIII. — Eaux. — L'eau est très abondante dans le pays, et les sources, bien que diminuant en été, ne sont jamais à sec. Plusieurs ruisseaux descendant de la montagne peuvent être dérivés presque sans frais pour envoyer l'eau dans les habitations et les jardins, car les habitants du pays (3) sont d'une habileté extrême dans la création des canaux. Il savent amener de très loin les ruisseaux et obtenir des irrigations qui rendent leurs terres d'une fertilité merveilleuse.

La rivière Tchamlouk peut être dérivée en totalité ou en partie, grâce à un canal de plusieurs kilomètres de longueur, créé jadis par les moines du monastère. On peut obtenir ainsi une force de plus de vingt chevaux, facilement utilisable pour mettre en mouvement les scies, les soufflets de forge ou les ventilateurs néces-

---

(1) Le cuivre trouvait en Perse des débouchés considérables dans la fabrication des ustensiles de cuisine, des armes, des canons, etc... La Perse n'avait pas alors de mines de ce métal.

(2) Les bois peuvent être transportés très facilement par radeaux sur le Débédó tchaï. Il ne reste plus alors que 2 kilomètres environ à franchir avec des voitures à bœufs. Grâce à cette rivière, les bois peuvent parcourir sans frais 15 à 20 kilomètres.

(3) Les Persans sont les ouvriers les plus habiles pour les travaux de canalisation; il n'est pas rare de voir en Perse des galeries de plusieurs kilomètres destinées uniquement au passage des eaux.

saires à la métallurgie. Ce canal a été fait autrefois dans le but d'arroser les champs et les vignes que renferme la propriété. Il peut être aisément affecté à d'autres usages, sans que les cultures en souffrent, tant est considérable la quantité d'eau qu'il peut fournir.

IX. — Conditions économiques générales. — Le Caucase est un des pays se prêtant le mieux à la mise en exploitation d'un gîte minier. La main-d'œuvre, les approvisionnements et toutes les conditions accessoires d'une affaire minière se trouvent dans une situation absolument privilégiée.

Grâce à la grande puissance du gouvernement russe, la propriété est aujourd'hui dans le Caucase bien mieux garantie que dans beaucoup de pays européens. Bien que depuis quelques années le servage ait été aboli, les paysans sont extrêmement respectueux et dévoués. Jamais ils ne se permettraient d'enfreindre les ordres qui leur sont donnés. D'autre part, le propriétaire est maître absolu dans sa terre. Il possède tout, sauf les habitants qu'il peut chasser en vingt-quatre heures, s'il le juge nécessaire.

Les terres ont été cadastrées avec grand soin. Il ne peut donc pas y avoir de contestations avec les voisins, et les tribunaux russes, dont l'équité est parfaite, se montrent également justes pour l'étranger comme pour les sujets de l'empereur.

La population, laborieuse et très énergique, est généralement très pauvre. Elle ne connaît pas l'épargne, mais elle est intelligente et, conduite avec fermeté et bonté, elle trouvera rapidement une grande aisance, car le pays produit tout dans des conditions incroyables de bon marché : la vie y est facile et abondante.

Les prix suivants de quelques substances alimentaires donneront une idée de l'extrême bon marché de la vie dans le Caucase. Ces prix sont ceux d'Achtala :

Farine . . . . . . Roubles 0.50 le poud (16 kil. 360).
Blé . . . . — 0.40 le poud.
Mouton. . . . . . — 2 à 3 l'un.

Bœuf	Roubles	15 à 25 l'un.
Poulets.	—	0.10 à 0.20 l'un.
Œufs.	—	0.10 les vingt.
Beurre.	—	0.20 la livre.
Vin	—	0.10 à 0.15 la bouteille.
Poisson de rivière.	—	0.10 à 0.15 la livre.

On conçoit aisément que, dans de semblables conditions de nourriture, la main-d'œuvre soit à très bon compte. Les domestiques (hommes) sont payés 10 à 12 roubles par mois; s'ils prennent à leur charge l'entretien de leur cheval, ils reçoivent 16 roubles. Le salaire d'un ouvrier mineur est de 0.40 à 0.50 roubles par poste de jour ou de nuit; celui d'un maître mineur est de 0.80 à 1 rouble.

X. — Études de recherches. — Parti de Paris le 26 février 1886, je suis arrivé à Tiflis le 10 mars, accompagné par M. Eugène Fontaine, ingénieur civil des mines, qui devait m'assister dans mes études. Nous avions rencontré en route, à Santréti, le prince Nicolas Baratoff qui, jadis, avait exploité les mines pendant neuf ans, et qui eut l'extrême obligeance de nous faire lui-même les honneurs d'Achtala. Qu'il me soit permis d'exprimer ici à ces Messieurs mes vifs remerciements pour le précieux concours qu'ils ont bien voulu m'accorder dans mes études.

Je dois aussi exprimer ici ma reconnaissance à Son Exc. le général prince Dondoukoff Gartchakoff, gouverneur général du Caucase, qui a daigné m'accueillir de la façon la plus gracieuse et promettre sa haute protection à notre entreprise.

Le 15 mars nous étions à Achtala et, après avoir rapidement visité les parties des mines qui étaient restées accessibles, nous fîmes déblayer les anciens travaux dans les galeries de Polykron. d'Eminoglé et de Sou Yoll.

A Sou Yoll et à Polykron, nous nous sommes de suite trouvés en face de cloches très dangereuses, qui s'étaient formées dans le filon même; les blocs tombés étaient presque entièrement composés de minerai. A Eminoglé, le travail avançait plus vite; mais pendant la majeure partie de nos travaux, nous n'avons pas eu la chance de rencontrer les minerais.

Pendant que les équipes d'ouvriers travaillaient dans les mines, nous avons fait un plan au 1/5000 (pl. I) de la propriété, les coupes du terrain (pl. II, fig. 5), les études géologiques, etc... Nous avons choisi l'emplacement sur lequel seront bâties plus tard toutes les maisons nécessaires à l'exploitation et nous avons fait sur place les plans et les devis des divers bâtiments.

Des projets de contrats ont été faits pour les transports, les fournitures de combustibles, de bois et de caisses, afin que le jour où ces diverses questions viendraient à être traitées, tous les renseignements aient été pris à l'avance.

Vers le 15 avril nous avons découvert à Polykron le filon dans plusieurs galeries, tandis qu'à Sou Yoll il nous était impossible de traverser l'éboulement et qu'à Eminoglé nous étions restés sans résultat.

Les hommes qui travaillaient à Sou Yoll furent de suite envoyés à Kasina où, en peu de jours, ils avaient mis les filons à nu, et enfin vers le 20 avril nous trouvions à Eminoglé le minerai d'argent en place.

A ce moment, nos plans de mines (pl. II. fig. 1-4) étaient complètement terminés et tous les renseignements relatifs aux questions accessoires avaient été pris. Il ne restait plus qu'à prendre des échantillons pour des essais industriels. Le 1er mai, 6 tonnes de minerai de qualités différentes furent expédiées sur Marseille et Anvers, et nous retournions à Tiflis.

Après un court séjour à Poti où nous avons réglé les questions relatives au transport des minerais de Tiflis à Anvers, nous partions pour Paris, où nous arrivâmes le 25 mai.

Dans tous les anciens travaux les études avaient pleinement réussi et, sauf à Sou-Yoll, nous avons partout rencontré les minerais en place. Quelques travaux faits dans les haldes de Polykron et de Sou Yoll nous ont démontré que la majeure partie des minerais d'argent a été abandonnée par les anciens exploitants. Il y aura donc lieu de reprendre ces haldes dès les débuts de la mise en valeur d'Achtala.

SECONDE PARTIE

ÉTUDE TECHNIQUE

I. — Étude géologique du gîte. — Comme on l'a vu plus haut, les filons d'Achtala traversent les roches andésitiques. Ils disparaissent sous les laves et recoupent en plusieurs points de larges veines quartzeuses dirigées presque toutes N. 45° E. et presque verticales.

Les affleurements des filons métallifères ne sont généralement pas visibles à la surface, tandis que ceux des veines de quartz forment des dykes énormes qu'on peut suivre sur une grande distance; c'est uniquement dans les anciens travaux de mines que nous avons pu relever la direction et l'inclinaison des divers filons.

Le même filon passe à Sou Yoll, Polykron, Eminoglé et Kasina il présente dans les trois premières mines une direction moyenne de N. 22°50' W et une inclinaison de 29° E. tandis qu'à Kasina il semble avoir subi une modification considérable, soit par suite d'un rejet soit que le filon de Kasina se présente à l'état d'annexe du filon principal le rejoignant dans la profondeur. Il présente en effet une direction N. 25°45' E et un pendage 31° E.

A Polykron se trouve un autre filon d'allure très différente du premier (direction N. 36° 00' E. inclinaison 29° W) et présentant cependant les mêmes caractères au point de vue de la métallisation. L'affleurement de ce lfilon se retrouve dans le village à l'ouest du monastère d'Achtala.

Dans les travaux anciens nous avons rencontré sans cesse de petites veines métalliques indépendantes des filons dont il vient d'être question, mais se rattachant au même système filonien, et tout porte à croire que le nombre des filons traversant la propriété d'Achtala est très considérable. La région tout entière semble être recoupée en tous sens par des veines métalliques. Ce n'est qu'à la suite de travaux de recherches très importants qu'il sera possible de se rendre exactement compte de l'allure générale du réseau de filons qui traverse le pays.

Les diverses venues de la métallisation ont apporté dans les filons les minéraux les plus variés ; mais il est à remarquer que toutes ces substances appartiennent à la famille des sulfures et que l'arsenic et l'antimoine font presque totalement défaut. Ces minéraux sont : la galène, la blende, la pyrite de fer, la pyrite de cuivre, le sulfure d'argent, le carbonate de chaux, le sulfate de baryte et le quartz.

Près des affleurements, ces minerais se sont décomposés et ont produit des carbonates et des sulfates de fer et de cuivre, des oxides de plomb et quelques minéraux de composition complexe, d'ailleurs fort rares (1).

Lors de la métallisation des filons, les diverses substances ne se sont pas mélangées d'une manière intime. Le fer et le cuivre se sont concentrés dans des colonnes verticales, tandis que d'autres colonnes se formaient de blende et de galène. Parfois le voisinage de deux colonnes différentes a produit un mélange intime des divers minéraux qui semblent alors réunis dans une pâte brunâtre composée de blende et de calcite. Mais généralement les deux groupes sont parfaitement distincts.

---

(1) On rencontre parfois quelques cristaux d'azurite et de malachite.

Les minerais de Kasina et d'Eminoglé sont en général répartis, d'une façon régulière dans le filon, tandis que ceux de Sou Yoll et de Polykron sont intimement mélangés. De même ceux des deux premières mines sont bien plus argentifères que ceux des deux autres, ce qui s'explique aisément lorsqu'on songe que les travaux de Polykron et de Sou Yoll ont été faits dans le voisinage du point d'intersection des deux filons.

A Polykron les minerais sont aussi extrêmement variables dans leur composition, le même fragment renfermant en même temps des parties uniquement composées de galène tandis que d'autres sont composées de blende et de pyrite. C'est ainsi qu'un échantillon de 500 grammes environ, cassé en trois parties, a présenté à l'analyse des trois fragments les teneurs de 2,4 % (1), 1,7 % (2), et 0,01 % d'argent.

Jusqu'ici les travaux d'exploitation ne sont pas descendus à plus de 30 mètres au-dessous de la surface, mais ils nous ont permis d'étudier les filons sur une grande longueur. C'est par cette étude que nous avons pu nous rendre compte de la proportion des parties métallisées et de celle des parties stériles.

Lorsqu'on parcourt les filons suivant une de leurs horizontales, on rencontre les minerais disposés en lentilles plus ou moins étendues et plus ou moins éloignées les unes des autres; les unes sont pyriteuses, les autres renferment de la galène. La proportion de chacun de ces minerais semble être à peu près la même, tandis que les parties stériles sont quelque peu moins importantes que les parties riches.

Dans les mines de Kasina et d'Eminoglé on rencontre fréquemment des brèches à ciment argileux ou calcaire très riches en plomb et en zinc (3), tandis qu'à Sou Yoll et à Polykron les minerais sont très compacts et ne présentent pas de brèches.

---

(1) Analyse du bureau des essais. (École des Mines de Paris.)
(2) Analyse du laboratoire des usines de Biache-Saint-Vaast. (Pas-de-Calais.)
(3) Ces brèches sont généralement pauvres en métaux précieux.

Les colonnes riches sont en général très rapprochées et se présentent par groupes distants parfois entre eux de 20 ou de 30 mètres; elles semblent dues au même phénomène de minéralisation et représentent au moins 50 % de la totalité des filons.

La puissance des veines est extrêmement variable, elle oscille entre 6 mètres et quelques centimètres; les parties minéralisées dépassent parfois 1^m,50 d'épaisseur (V. coupes).

La moyenne des puissances établie sur des observations portant sur 400 mètres environ de filon est de 0^m,572 pour les minerais d'argent et de 0^m,325 pour les minerais cuivreux.

La quantité des minerais de cuivre est presque la même que celle des minerais de plomb. On peut donc diviser le filon en quatre parties dont deux sont stériles, une composée de minerais de plomb argentifère et la dernière de pyrite cuivreuse.

Nos observations ont porté sur une longueur de filon d'environ 500 mètres dont 50 %, soit 250 mètres, sont stériles; 25 %, soit 125 mètres, sont occupés par les minerais cuivreux sur une épaisseur moyenne de 0^{m}325 et 25 % soit 125 mètres composés de minerais argentifères d'une puissance moyenne de 0^m,572.

Les filons d'Achtala sont exploitables sur une hauteur de 150 mètres environ sans qu'il soit nécessaire de faire usage de machines pour l'extraction des minerais et l'épuisement des eaux. On voit donc que la quantité des minerais en vue est considérable.

Minerai de cuivre 125^m × 150^m × 0,325 = 6,093 mètres cubes,
Soit environ 25,000 tonnes.

Minerais argentifères : 125^m × 150 × 0^m,572 = 10,725 mètres cubes,
Soit environ 40,000 tonnes.

Si nous tenons compte de la continuité des filons sur l'étendue qu'il nous a été permis d'étudier et de la nature géologique du sol, nous pouvons admettre que les veines se prolongent au nord et au sud, sur une longueur égale à celle déjà reconnue. Nous voyons, en nous plaçant toujours dans les conditions d'une exploitation sans machines à vapeur, que le gîte renferme au moins 200,000 tonnes de minerais divers.

Dans l'évaluation qui précède nous ne tenons pas compte des nombreuses veines qui accompagnent le filon et qui, sur bien des points, peuvent être exploités d'une manière très rémunératrice. Mais ces veines sont très inconstantes dans leur allure; il serait impossible de faire l'évaluation des minéraux qu'elles renferment (V. pl. II, f. 3, plan des galeries « Sou Yoll »).

II. — Nature des minerais. — Les minerais d'Achtala appartiennent à deux classes différentes, très distinctes et séparables à l'aide d'un seul cassage au marteau. Ce sont les minerais cuivreux et les minerais argentifères : les premiers sont très constants dans leur composition; les seconds sont au contraire très irréguliers et devront être triés avec le plus grand soin.

1re *classe*. Minerais cuivreux. — Composés de pyrite cuivreuse, ils renferment parfois des mouches de galène et sont toujours exempts d'arsenic et d'antimoine. Leur teneur moyenne en cuivre est de 15 0/0. Ils renferment des quantités variables d'argent (de 3 $^o/_{oo}$ à 0,20 $^o/_{oo}$).

Pendant le cours de son exploitation, le prince Nicolas Baratoff retirait industriellement 18 0/0 de cuivre de ses minerais (1). Quelques analyses faites au laboratoire de Tiflis ont donné une teneur de 22 0/0 (2); mais, dans mes appréciations, je me borne aux résultats qui m'ont été fournis par les analyses des minerais que j'ai moi-même pris en place.

2e *classe*. — Minerais argentifères. Les minerais d'argent d'Achtala sont beaucoup plus complexes de composition que ceux de cuivre ; leur étude nécessitera l'établissement sur le terrain d'un laboratoire très complet, car ce n'est qu'à l'aide de nombreuses analyses qu'il

---

(1) Renseignement fourni par le prince Baratoff et contrôlé au bureau gouvernemental des mines, à Tiflis.

(2) Des analyses faites à Freiberg ont accusé une teneur moyenne de 23.76 0/0 de cuivre dans les pyrites.

sera possible de distinguer d'une manière précise les minerais riches de ceux qui ne renferment que des traces d'argent. Quoi qu'il en soit, dans l'état actuel de nos connaissances de ces minerais, il est possible de faire les trois divisions suivantes.

1re catégorie, représentant 15 0/0 environ de la totalité des minerais de plomb argentifère. Ces minerais sont composés de galène, de sulfure d'argent (1), de blende, de pyrite de fer et de pyrite de cuivre : leur gangue est presque toujours carbonatée.

Les analyses suivantes (2), faites sur quelques échantillons appartenant à cette catégorie, montrent combien est variable leur composition.

Pour 1,000 kil. — Cuivre.	38ᵏ	Plomb.	411ᵏ	Argent.	17ᵏ500.	Or.	0ᵏ050.
—	»	traces.	»	235	»	10,032	» traces.
—	»	59	»	traces.	»	7.200	» traces.
—	»	64	»	traces.	»	6,350	» traces.
—	»	traces.	»	224	»	1,617	» traces.
—	»	traces.	»	246	»	1,200	» traces.

Ces minerais sont à cassure grenue, d'un gris foncé, très brillant, leur aspect est métallique. Réduits en poudre, ils sont très foncés et gris bleuâtre.

2e catégorie, représentant environ 80 0/0 de la totalité des minerais de plomb argentifère. Ces minerais sont d'un gris métallique très brillant, ils renferment des veinules de pyrite ; réduits en poudre, ils sont bruns et perdent l'éclat métallique. Ils renferment une très forte proportion de blende qui les rend inutilisables. Leur pâte étant très fine, il est impossible de séparer mécaniquement les divers minéraux qu'ils renferment. Leur gangue est généralement siliceuse.

---

(1) Ces minerais pulvérisés n'ont jusqu'ici jamais donné de grenailles d'argent natif.

(2) Il a été fait en France 32 analyses des minerais d'argent d'Achtala, aux laboratoires de l'École des Mines de Paris (bureau des essais), de la Monnaie, de F. Pizani, essayeur, rue Furstenberg, et des usines de Biache-Saint-Vaast (Pas-de-Calais).

L'analyse moyenne de ces minerais (prise sur 5,000 kilogrammes) est la suivante :

Cuivre	(1).	38^k, 0000	(2)	58,000
Plomb.		153, 0000		110,000
Argent		0, 4000		0,148
Or		0, 0025		traces.
Zinc		337, 0000		416,800
Fer.		84, 0000		53,800
Antimoine.		0, 0000		0,000
Arsenic.		0, 0540		0,400
Soufre.		295, 6430		310,000
Silice.		75, 0000		44,000
Chaux.		13, 0000		traces

3° Catégorie, représentant environ 5 0/0 de la totalité des minerais argentifères. Ces minerais se composent de gros cristaux de blende, de galène et de pyrite de fer. Ils tiennent généralement 0^k,300 d'argent à la tonne de plomb d'œuvre, et renferment environ 50 0/0 de galène, 30 0/0 de blende, 10 0/0 de pyrite et 10 0/0 de gangue qui est carbonatée. La séparation mécanique de ces divers minéraux peut être très facilement effectuée.

Ces minerais ne représentent qu'une très faible proportion de la masse totale et comme ils ne sont pas d'une grande valeur, il est préférable de ne pas en tenir compte dans les prévisions de l'exploitation, afin de ne pas être forcé d'établir de suite un atelier de séparation mécanique qui serait inutile pour les autres minerais.

On voit par ce qui précède que les seuls minerais dont on doive tenir compte sont ceux de la première catégorie. Ces minerais peuvent être triés au marteau et amenés à une teneur de 4 à 5 kilogrammes d'argent à la tonne; ils présenteront alors aux 1,000 kilogrammes une valeur de 800 francs, en tenant compte du plomb, de l'argent et de l'or qu'ils renferment.

---

(1) Analyse moyenne de Biache Saint-Vaast sur 5,000 kilogrammes de minerai.
(2) Analyse d'un échantillon de 2 kilogrammes. (Bureau des essais. — École des Mines de Paris.)

Dans tout ce qui précède, j'ai établi la valeur des minerais d'après les analyses des échantillons que j'ai moi-même recueillis sur place. Mais de même que je l'ai fait pour les minerais de cuivre, je citerai les résultats obtenus par des personnes qui avant moi étaient allées à Achtala.

Un minerai de plomb argentifère provenant d'Achtala a donné 6,4 0/0 d'argent dans une analyse faite à Freiberg; un autre analysé à l'École des Mines de Paris a présenté 2,4 0/0 et 7,8 0/0 au plomb d'œuvre ; des essais faits à Tiflis par le gouvernement russe ont donné 1,6 0/0. Mais les prises d'essai de ces échantillons n'ayant pas été faites par moi-même, je ne puis en tenir compte dans mes calculs.

III. — Évaluation de la valeur du gîte. — Nous avons vu plus haut que les minerais de cuivre sont représentés à Achtala par 25,000 tonnes de minerais en vue et 50,000 tonnes de minerais dont l'existence est assurée par la grande continuité du gîte. Ces minerais sont des pyrites tenant d'après les analyses 15 0/0 de cuivre, mais que nous supposerons capables de fournir un rendement industriel de 13 0/0. On voit que la quantité de cuivre renfermée dans les filons, dans la partie située au-dessus du niveau des eaux de la vallée, est de 9,750 tonnes représentant une valeur d'environ 15,000,000 de francs, la tonne de cuivre se vendant aujourd'hui 1,562 francs en Russie.

Les minerais de plomb argentifère sont dans les mêmes conditions représentés par 120,000 tonnes de minerai moyen dont 15 0/0, soit 18,000 tonnes de minerais valant 800 francs la tonne, soit pour les parties exploitables du gîte une valeur de 14,400,000 francs.

L'ensemble des minerais renfermés dans les filons d'Achtala et exploitables sans qu'il soit nécessaire de descendre au-dessous des eaux de la vallée, représente donc une valeur d'environ 30,000,000 de francs, qu'il sera facile d'enlever dans une période relativement très courte de 15 ou 20 années.

Quant à la partie du gîte située au-dessous du niveau des eaux, il est dès à présent impossible d'en faire l'évaluation ; mais des recherches conduites avec discernement permettront d'arriver rapidement à la connaissance de leur valeur : il est d'ailleurs probable que dans la profondeur le gîte présentera plus de continuité encore qu'au voisinage de la surface.

TROISIÈME PARTIE

ÉTUDE ÉCONOMIQUE

I. — Méthode d'exploitation proposée. — Les filons d'Achtala se trouvant dans deux directions presque perpendiculaires, il est impossible de les attaquer par le même puits ou par le même travers-banc. Il sera nécessaire d'ouvrir deux entrées, l'une destinée à l'exploitation du filon Eminoglé-Sou Yoll, l'autre par laquelle on attaquera le filon Polykron-Achtala.

Grâce à l'altitude considérable des affleurements au-dessus du ravin d'Achtala, il est inutile de créer dès à présent des puits pour l'exploitation des filons. Deux travers-bancs permettront d'enlever les parties riches du gîte reconnues jusqu'à ce jour. (Pl. II, fig. 6.)

Plus tard, lorsque l'exploitation sera arrivée au niveau des travers-bancs, il sera nécessaire de créer des puits afin d'aller chercher le gîte en profondeur. Les travers-bancs serviront encore à la circulation des eaux et des minerais, la partie supérieure des puits n'étant utilisée que pour le passage des câbles et des tiges de pompes.

Un travers-banc ouvert à la jonction des deux ravins qui passent au pied du mont Lahatamir et mené perpendiculairement à la direction du filon, c'est-à-dire à S 22°50' W., permettra d'atta-

4

quer le gîte entre Kasina et Polykron. La longueur de ce travers-banc sera de 300 mètres environ. La section permettra l'établissement d'une voie ferrée double. Il sera légèrement incliné (1), afin de permettre aux eaux de sortir de la mine. Le coût d'établissement de cette galerie sera de R. 25,000 (Fr. 62,500) environ. Le temps nécessaire pour sa construction sera d'environ un an.

Au point où le travers-banc (Sainte-Marie), rencontrera le filon, seront faites deux galeries en direction, l'une dirigée vers le nord, l'autre vers le sud ; c'est par ces galeries que se fera plus tard l'exploitation.

Les parties dans lesquelles cette galerie aura rencontré les parties riches du filon seront exploitées en remontant ; les déblais seront soutenus à l'aide de voûtes en maçonnerie ou de boisages très solides. Il se formera, par suite de l'exploitation, des cheminées dans le filon ; ces cavités seront remplies des déblais des chantiers ; il sera ménagé des passages pour les minerais. Au bas de ces cheminées seront des trémies de chargement pour les wagons circulant dans la grande galerie en direction.

Des galeries de recherches parallèles à la galerie en direction seront faites par étages de dix mètres de hauteur.

Grâce à cette méthode d'exploitation, les déblais ne sortiront pas de la mine, ou du moins la quantité à transporter au jour sera des plus minimes. De même, les boisages seront de peu d'importance, car la roche encaissante étant dure et résistante, la plupart des chantiers tiendront sans bois pendant la période courte, d'ailleurs, qui s'écoulera entre l'abatage et le remblayage.

Les galeries en direction seront continuées pendant la durée de l'exploitation, jusqu'à ce qu'elles aient atteint les limites du gîte ou celles de la propriété ; elles serviront de galeries de recherches et permettront d'évaluer à l'avance les quantités de minerai exploitables dans l'avenir. Elles seront légèrement inclinées vers le

---

(1) Inclinaison de 5 millimètres par mètre.

travers-banc, afin de permettre un écoulement facile des eaux (environ 5^m/_m par mètre).

Le temps nécessaire à la création de deux galeries en direction de 150 mètres chacune sera d'environ 8 mois ; leur prix de revient ne dépassera pas R. 24,000 (Fr. 60,000).

Plus tard, lorsque l'exploitation des parties supérieures du gîte aura été achevée et que des puits permettront l'attaque des étages inférieurs, les galeries en direction seront utilisées pour arrêter les eaux. A cet effet, le sol des galeries sera recouvert d'une couche de ciment. Les eaux qui s'introduisent dans la mine par infiltration de la surface seront emportées au dehors par le travers-banc.

On voit que les travaux d'aménagement de la galerie Sainte-Marie dureront environ deux ans avant que les chantiers soient en pleine exploitation. Mais pendant ce temps, Achtala ne restera pas sans produire d'une manière très notable, car il est possible d'attaquer l'autre partie du gîte au moyen de la galerie construite il y a quinze ans par le prince Baratoff.

Sou Yoll est aujourd'hui une galerie coudée qui, pendant plusieurs années, a permis l'exploitation des filons dans la partie voisine de leur point de croisement.

Il sera nécessaire d'élargir et de restaurer ce travail et de le prolonger en ligne droite afin de faciliter l'établissement d'une voie ferrée simple. Trois mois suffiront pour l'ouverture des chantiers qui seront desservis par une galerie en direction analogue à celle des chantiers Sainte-Marie. De plus, le prince Nicolas Baratoff n'ayant jadis exploité que les minerais uniquement cuivreux, tous les minerais complexes sont restés en place et les anciens travaux serviront de traçage pour les nouveaux chantiers.

Les dépenses nécessaires à la mise en état des galeries de Sou Yoll sont d'environ 2,500 roubles (Fr. 6,250).

Pendant la durée de l'exploitation des parties supérieures du gîte, des galeries de recherches seront faites dans le coteau situé à l'ouest du ravin d'Achtala et, s'il y a lieu, un travers-banc sera fait pour exploiter les parties supérieures du filon Polykron-Achtala (1).

On a vu plus haut que les anciens exploitants avaient jeté dans les haldes tous les minerais qui ne présentaient pas une teneur suffisante en cuivre; ces haldes seront reprises et donneront, dès les débuts de l'exploitation, une quantité considérable de minerais d'argent qui seront obtenus presque sans frais.

L'exploitation des mines d'Achtala subira donc les transformations suivantes :

1re période. — Exploitation des haldes, ouverture de la galerie Sainte-Marie, restauration des travaux de Sou Yoll.— Durée : environ 3 mois; production de minerais d'argent (2).

2e période. — Exploitation dans les chantiers de Sou-Yoll. Continuation et achèvement de la galerie Sainte-Marie. — Durée : environ 9 mois ; production de minerais de toute nature, mais principalement de minerais d'argent (3).

3e période. — Exploitation dans les chantiers de Sou Yoll. Commencement de l'exploitation dans les chantiers Sainte-Marie. — Durée : 1 an; production de minerais de toute nature.

4e période. — Exploitation dans les chantiers de Sainte-Marie et de Sou Yoll. — Durée : environ 15 ans; production de minerais de toute nature.

5e période. — Exploitation par puits.

Il est difficile de prévoir le nombre d'années que durera l'exploitation des mines d'Achtala, jusqu'ici les études n'ayant porté que

---

(1) En 1801-1803, des travaux de recherches ont été faits dans cette partie de la propriété, mais les puits ont été ouverts de l'autre côté du pendage des filons; ces travaux ont été d'ailleurs fort peu importants.

(2) L'envoi de ces minerais ne peut être fait qu'après l'établissement du laboratoire ; lorsque les analyses nécessaires auront été faites.

(3) Les minerais d'argent n'ont pas été touchés par le prince Baratoff, tandis que ceux de cuivre ont été enlevés dans beaucoup de chantiers.

sur la partie supérieure du gîte. On peut affirmer, en tenant compte des quantités de minerai qui ont été reconnues, que quinze ans suffiront à peine pour épuiser les parties qui peuvent être exploitées sans machines d'épuisement. Mais en tirant, des observations sur le terrain, des conclusions plus larges et d'ailleurs parfaitement fondées, il est permis d'entrevoir, pour cette exploitation, un très long avenir.

Les haldes résultant des exploitations de Sainte-Marie et de Sou Yoll trouveront facilement place dans les ravins situés au-dessous des points d'attaque. Il suffira de faire, pour le passage des eaux, une conduite en pierres sèches en dessous des décombres.

II. — Main-d'œuvre. — *Travaux de mines.* — La main-d'œuvre est extrêmement abondante dans tout le Caucase; les salaires y sont à des prix très bas et les ouvriers sont parfaitement aptes aux travaux de mines. Dans les environs d'Achtala, ce sont les Grecs, les Tartares et les Persans qui fournissent le meilleur travail.

Les Grecs, venus d'Anatolie, fuyant devant les persécutions religieuses des Turcs, sont intelligents, laborieux et soumis. Ils sont nés mineurs, mais ne sont pas encore habitués aux procédés européens de travail. D'ailleurs, l'extrème bonne volonté qu'ils montrent dans leurs travaux permet de penser qu'ils comprendront très rapidement tous les perfectionnements qu'il sera utile de leur enseigner.

Les Persans et les Tartares sont des travailleurs très sobres et très ardents; mais leur religion les rend plus difficiles à manier que les Grecs. Ils sont surtout utilisables pour les travaux accessoires.

Les autres habitants du pays sont les Géorgiens, Arméniens, Lesguiens, Juifs et Russes. Mais ils sont en trop petit nombre pour qu'on puisse les compter au point de vue de la main-d'œuvre.

Les Grecs travaillent 300 jours et 300 nuits par an. Ils se réservent les dimanches et quelques jours de fête. Les musulmans travaillent quelques jours de plus.

Il sera nécessaire d'employer en même temps des ouvriers grecs, persans et tartares, afin d'établir une concurrence dans le travail et d'obtenir par ce moyen des prix à la tâche moins élevés; jusqu'ici le travail à la tâche n'a pas été pratiqué dans le pays, mais il sera facile de l'établir.

Les prix de la main-d'œuvre sont les mêmes pour la journée et pour la nuit. Un poste de 12 heures est payé dans les conditions suivantes :

	ROUBLES	FRANCS
Ouvrier mineur ordinaire (1)	0,50 à 0,40 soit	1,25 à 1 »
— chargeur.	0,35 à 0,30 —	0,875 à 0,75
— rouleur	0,30 à 0,25 —	0,75 à 0,625
Maître mineur dirigeant 10 hommes . . .	1 » à 0,80 —	2,50 à 2 »
— charpentier	1,50 à 1 » —	3,75 à 2,50
— forgeron.	1 » à 0,60 —	2,50 à 1,50
Aide forgeron ou charpentier	0,40 à 0,30 —	1 » à 0,65

Le travail produit par des ouvriers payés comme il est dit ci-dessus, est le suivant :

12 hommes travaillant en 2 postes de 6 hommes et de 12 heures chacun, conduits par 2 maîtres mineurs, abattent en galerie, suivant la nature de la roche, 1 ou 2 sagènes cubiques par semaine, soit 7 mètres cubes 260 ou 14 mètres cubes 520.

Les dépenses correspondant à ce travail sont les suivantes :

	ROUBLES	FRANCS
12 journées de maître mineur . . .	12 » à 9,60 soit	30 » à 24 »
36 — de piqueur	18 » à 14,40 —	45 » à 36 »
24 — de chargeur	8.40 à 7,20 —	21 » à 18 »
12 — de rouleur	3,60 à 3 » —	9 » à 7,50
Poudre ou dynamite	2 » à 2 » —	5 » à 5 »
Boisage (10 pièces à R. 0,80 l'une).	8 » . . . . . . —	20 . . . .
Huile.	1,50 à 1 » —	3,75 à 2,50
Usure des outills	1,50 à 1 » —	3,75 à 2,50

TOTAL : Roubles. 55,00 à 38,20 Fr. 137,50 à 95,50
PRIX MOYEN : Roubles 46,60, soit Fr. 116,50.

(1) Ces prix sont ceux que nous avons payés pendant la durée de nos travaux de recherches. Lorsque l'exploitation sera régulière, ils baisseront certainement de 10 ou même 20 0/0.

Le travail moyen produit par semaine par un chantier composé comme il est dit ci-dessus est de 1 sagène cubique et demie, soit environ 11 mètres cubes. Le mètre cube revient donc à R 4,25 environ, soit Fr. 10,65.

Nous nous sommes occupé du travail en galerie dans les roches encaissantes ; mais, si nous considérons l'abatage dans le filon, lorsque les traçages auront été faits et que les galeries de circulation seront parfaitement établies, nous verrons que 2 postes de 6 hommes, travaillant dans les mêmes conditions de salaire, abattront par semaine 4 à 5 sagènes cubiques de roche et de minerai dans le filon. Le prix de revient du mètre cube sera donc de :

Roubles : 46,60 : 29^{mc},040 = R. 1,60, soit Fr. 4.

Mais dans l'abatage, le minerai viendra avec la gangue. Il sera nécessaire de transporter sur le carreau de la mine la plupart des morceaux extraits et de les casser au marteau. En supposant que la moitié des matières abattues soit laissée dans la mine et que sur la seconde moitié nous n'ayons que 1,000 kilogrammes de minerai au mètre cube (1), nous trouvons, par tonne de minerai moyen, le prix de revient suivant :

	ROUBLES		FRANCS
Abatage d'un mètre cube de filon	1.60	soit	4 »
Roulage de 500 kilomètres	0.08	—	0.20
Triage au marteau	0.15	—	0.375
TOTAL. . . R.	1.83	= Fr.	4.575

BOISAGE. — Les boisages sont faits par les ouvriers mineurs pendant la durée du travail. Les bois sont fournis par la Compagnie, ainsi que les indications relatives aux parties à boiser. La pose des bois n'entraîne donc aucune dépense supplémentaire (2).

---

(1) Le mètre cube de tout-venant pèse environ 4,000 kgs.

(2) Les ouvriers du Caucase entaillent leurs pièces de bois de telle sorte qu'ils réduisent de 40 à 50 0/0 la résistance de leurs matériaux ; il sera nécessaire de leur apprendre à boiser et de les surveiller avec grand soin pour les travaux de soutènement.

Grâce à l'extrême dureté des roches dans la propriété d'Achtala, il est à croire que la plupart des travers-bancs tiendront, sans qu'il soit nécessaire de boiser. Seuls, les travaux dans les filons auront besoin d'être soutenus (1).

MÉTALLURGIE. — Les Grecs sont aussi de très bons ouvriers métallurgistes. Il sera cependant nécessaire de les former aux procédés modernes. Mais pour la réduction des minerais en mattes et pour le traitement du cuivre, on trouvera dans le pays de bons maîtres fondeurs et de bons ouvriers formés dans les usines du voisinage (2). Les Persans et les Lesguiens peuvent aussi être employés avec avantage dans les travaux métallurgiques. Les salaires, pour les travaux métallurgiques, sont les mêmes que pour ceux des mines.

TERRASSEMENTS. — Les terrassements se font à la journée ou à la tâche. Il reviennent à environ 2 roubles = 5 francs par sagène cubique (7^{m3},260) en terrain facile et à 3 et 4 roubles dans les roches les plus dures.

TRAVAUX DIVERS. — Les constructions, travaux de charpente, menuiserie, coupe de bois, transports, établissement de canaux, se font par contrat ou à la journée. Ils reviennent à des prix très faibles, relativement aux salaires européens.

Les ouvriers sont généralement laborieux et très consciencieux dans leur travail. Aussi fournissent-ils un rendement bien supérieur à celui qu'on obtient dans d'autres pays. Si nous envisageons la main-d'œuvre au point de vue du rendement, en la comprenant à celle de quelques autres contrées, nous voyons que cette comparaison est toute à l'avantage des ouvriers grecs du Caucase. En prenant comme type de travailleur l'ouvrier français, payé à raison de 10 francs par jour, j'ai démontré jadis *(Annales des Mines)*, à propos

---

(1) Les muraillements reviennent à très bas prix; la sagène cubique de muraille en pierre et chaux coûte environ 4 roubles (10 francs).

(2) Les usines de l'Oural peuvent fournir d'excellents maîtres fondeurs russes.

des mines d'étain de la presqu'île malaise, que la main-d'œuvre chinoise revient à rendement égal à 21 fr. 75 c., tandis que des calculs analogues me prouvent qu'au Caucase elle ne dépassera pas 5 francs. On voit donc qu'au point de vue de la main-d'œuvre, la région dans laquelle se trouve Achtala est placée dans des conditions non seulement supérieures aux colonies indo-chinoises, mais même à celles de la France. De plus, la docilité, l'intelligence et la bonne volonté des ouvriers grecs mettent à l'abri des grèves et des révoltes et dispensent des frais considérables qu'entraînerait l'entretien d'une police nombreuse dans le village d'Achtala. L'ouvrier grec, venu d'Anatolie, pays où il était fort maltraité par les Turcs, est extrêmement reconnaissant du bien qu'on lui fait. Aussi est-on certain d'acquérir rapidement une grande sympathie parmi ces populations.

Quant au nombre des travailleurs qu'on peut attirer à Achtala, il est pour ainsi dire illimité. Les villages des environs renferment plus de 300 ouvriers mineurs et il sera facile de faire venir de plus loin la population entière de certains villages, dans lesquels le manque de travail réduit les gens à la misère. Il est certain que, si le besoin s'en fait sentir, on aura rapidement une population ouvrière de plus de 2,000 à 3,000 habitants. Les salaires diminueront par le fait de la concurrence qui s'établira de suite.

Aucun enfant ne sera autorisé à travailler pour la Compagnie pendant la période qu'il doit passer à l'école, c'est-à-dire depuis l'âge de 6 ans jusqu'à celui de 13 ans (1).

Il sera bon que tout homme blessé au service de la Compagnie soit soigné sans frais et, s'il a de la famille, qu'il ait droit à demi-solde pendant tout le temps qu'il lui sera impossible de travailler.

---

(1) La loi sur le travail des enfants est en vigueur dans la Russie proprement dite; elle n'est pas encore appliquée au Caucase.

III. — Voies ferrées. — Les galeries de Sou Yoll et de Sainte-Marie seront reliées aux magasins de l'usine par une voie ferrée à petite section (0^m,50), du système Decauville (1), la situation topographique d'Achtala étant telle que les wagons pleins descendent seuls sur les pentes, et qu'il suffira d'un cheval pour les remonter.

Cette voie ferrée sera portative, composée de rails de 7 kilogrammes posés sur traverses métalliques.

Le matériel roulant se composera de wagonnets en bois d'une capacité de 500 litres (kilog. 1,000 à 2,500).

La longueur de voie nécessaire à la mise en valeur d'Achtala est d'environ 3,000 mètres, en comprenant les galeries d'exploitation de Sou Yoll et de Sainte-Marie et les lignes reliant les travaux à l'usine.

Le coût d'établissement et du matériel roulant sera le suivant :

	FRANCS
3,000 mètres de voie.	17.584
Croisements, intersections, plaques tournantes, . .	1.292
Culbuteurs	1.500
20 wagonnets	2.850
Déblai et remblai pour la pose	2.000
Pose, main-d'œuvre	755
Outils de réparation	55
Entrée du matériel en Russie (frais de douane) . .	15.620
Transport du matériel d'Europe à Achtala	10.000
Imprévu	1.469
	53.125

(1) Ce matériel bien connu a été employé avec grand succès par le général Skobeleff dans le Turkestan. L'extrême facilité de son transport permettra de l'utiliser à Achtala, non seulement pour les travaux de mines, mais pour les constructions des maisons, usines, pour l'établissement des routes, etc.

IV. — Routes. — Deux routes ont été tracées (V. Pl. I) dans la propriété : l'une, partant de l'église de la Trinité, passant près des magasins de minerai en dessus des usines, tournant autour du coteau qu'elle franchit près de l'église Saint-Georges, sort de la propriété sur le plateau et permet d'effectuer les transports sans descendre dans la grande vallée ; l'autre, partant également de l'église de la Trinité, traverse les usines et va rejoindre dans la vallée la route du Gouvernement russe.

La route du Monastère qui existe aujourd'hui ne peut être détruite, le monastère ne faisant pas partie de la propriété (1) ; elle est d'ailleurs en bon état et n'a besoin que de légères réparations.

Une autre route, partant du monastère, s'arrête à l'extrémité occidentale de la propriété ; elle traverse les meilleurs terrains de culture du pays, qui, aujourd'hui, sont couverts de vignes et de jardins.

Seule la route de la Trinité à Saint-Georges est entièrement à créer, mais elle sera peu coûteuse. Les dépenses nécessaires à tous les travaux de routes sur la terre d'Achtala ne dépasseront pas 2,500 roubles (7,500 francs).

V. — Conduites d'eau. — Un canal creusé jadis par les moines permet d'apporter dans le vallon d'Achtala une quantité d'eau considérable. La rivière Tchamlouk peut être dérivée tout entière. Ce canal est encore en très bon état, quelques réparations et l'élargissement de certains points permettront de rendre son débit plus considérable. Les eaux de ce canal peuvent être utilisées pour irriguer les meilleurs terrains de la propriété.

Un autre canal bien moins important conduit une partie des eaux d'une cascade jusqu'au monastère. Ce ruisseau sera dérivé, afin d'apporter ses eaux à l'église Saint-Georges dans les maisons et les jardins du personnel européen.

---

(1) Lors de la vente de la propriété d'Achtala, la famille Mélikoff s'est réservé la propriété du monastère, l'église Notre-Dame étant la sépulture des princes.

Tous les travaux nécessités par les réparations des canaux et les détournements d'eau peuvent être faits en quelques semaines moyennant une dépense de 1,200 roubles (3,000 francs) environ.

VI. — Transports. — Les transports des minerais et des métaux se feront suivant des contrats passés avec deux entrepreneurs différents : l'un d'eux devant faire mettre en caisse les minerais et les transporter d'Achtala à Tiflis; l'autre se chargeant des transports de Tiflis à l'usine, via Poti ou Batoum et Anvers (V. Pl. I, carte du Caucase).

D'Achtala à Tiflis (75 kil.) les transports seront effectués à dos de chameau ou par voitures à bœufs. Les chameaux chargent en moyenne 16 pouds (Kg. 262) et les arabas (voitures à bœufs) 40 à 50 pouds (Kg. 655 à 830). Ces transports peuvent être faits en toute saison. L'entrepreneur laissera comme caution dans la caisse de la Société une somme de R. 5,000 (Fr. 12,500). Les minerais seront mis en caisses de 8 à 10 pouds (Kg. 130 à 165). Le prix d'une caisse est de R. 0,30 (Fr. 0,75).

Le poids des 7 caisses nécessaires à l'emballage d'une tonne de minerai sera d'environ 2 pouds et demi, de sorte que le transport de 1,000 kilogrammes de minerai répondra au transport de 65 pouds, caisses comprises.

Le prix du transport d'un poud est de R. 0,25 pour la distance d'Achtala à Tiflis ou inversement, soit par tonne :

$$R. \ 0,25 \times 65 = R. \ 16,25 = Fr. \ 40,65$$

Les marchandises seront prises dans les magasins de la mine et portées en gare à Tiflis, ou inversement.

Les transports de Tiflis (gare) à l'usine se divisent comme il suit :

1° Tiflis à Anvers par contrat moyennant R. 13,86 (Fr. 34,65) par tonne et se décomposant ainsi :

Tiflis à Batoum. . R. 6 » $\Big\}$ 13,86, tous frais compris.
Batoum à Anvers. . . 7,86

2° Anvers à l'usine, suivant les tarifs des chemins de fer européens.

Les minerais d'Achtala paient à la sortie de Russie un droit de R. 0,045 (papier) par poud, soit R. 2,8125 par tonne. Ces droits seront réglés par l'agent faisant les transports et à la charge des expéditeurs.

Les caisses seront assurées moyennant 1 0/0 de la valeur pendant les six mois de la belle saison et 1/2 0/0 pendant l'hiver ; la moyenne des frais d'assurance est donc de 1,25 0/0. Ces prix sont ceux des compagnies russes d'assurances ; en France on peut obtenir des conditions beaucoup plus avantageuses, soit 1/2 0/0.

Les transports d'Achtala à Tiflis doivent être effectués en 15 jours (maximum) ; ceux de Tiflis à Anvers en un mois et demi, soit un total de deux mois entre le jour de l'extraction et celui où les marchandises arrivent en Europe. Les steamers ne chargent que des parties de 300 tonnes au minimum.

De la sorte, le coût de transport d'une tonne de minerai d'Achtala à Anvers sera le suivant :

Poids du minerai . . . Pouds.	62,5 —	Kilog.	1.000
Poids des 7 caisses. . . —	2.5 —	—	40
Poids total . . . . . . Pouds.	65.» —	Kilog.	1.040

Prix des 7 caisses (1) à R. 0,30 l'une R.	2.10	
Transports Achtala-Tiflis	16.25	
— Tiflis-Anvers	13.86	
Droit de sortie.	2.813	
Assurance (1,25 0/0 à R. 200 la tonne . .	2.50	
R.	37.523	= Fr. 93.80

auxquels il convient d'ajouter :

Transports d'Anvers à l'usine (2).	9.00
Frais divers	2.00
TOTAL. . . . . . Fr.	104.80

(1) Les minerais peuvent aussi être envoyés en sacs de 25 à 30 kilogrammes l'un. Ces sacs en toile très forte coûtent 0 fr. 25 la pièce. L'emballage des minerais par cette méthode revient donc à 8 fr. 75 par tonne, au lieu de 5 fr. 25 dans l'emballage en caisses, mais les sacs ont l'avantage d'être beaucoup plus faciles à manier et de ne pas augmenter le poids des envois.

(2) Les usines de Biache Saint-Waast, ayant offert d'acheter les minerais, c'est jusqu'à ces usines que je compte les frais de transport.

Si nous admettons, ce qui est d'ailleurs très raisonnable, que les transports de minerai soient de 100 tonnes par mois (3 tonnes par jour), nous voyons que les fonds nécessaires à trois mois de transports seront de 104 fr. 80 $\times$ 300 = 31,440 francs, dont moitié environ seront payés avant le départ et le reste à l'arrivée des marchandises à l'usine.

VII. — Poste et transports d'argent. — Aujourd'hui le bureau de poste le plus voisin d'Achtala est celui de Tiflis (à 75 kilomètres); mais dans quelques mois un bureau postal et télégraphique sera établi à Choulavéry (1) (à 25 kilomètres), de sorte qu'en organisant un service spécial de courriers, les lettres arriveront tous les deux jours.

VIII. — Bois et combustibles. — Les seuls combustibles qui puissent être employés pour la métallurgie dans tout le Sud du Caucase, sont le bois et le charbon de bois. La houille devant être transportée à dos de chameau est absolument inutilisable, bien qu'il existe aux environs de Koutaïs de riches gisements de ce combustible (2). D'ailleurs l'extrême abondance des bois rendra pendant bien des années encore la concurrence du charbon de terre absolument impossible. Le Petit-Caucase est entièrement couvert de forêts renfermant des chênes, hêtres, ormes, charmes, noyers, poiriers, pommiers, etc., qui peuvent être facilement apportés à Achtala, soit à l'état de bois, soit à celui de charbon.

---

(1) Il sera bon de relier Achtala à Choulavéry par une ligne télégraphique. Le gouvernement russe qui se montre toujours très favorable aux améliorations introduites dans le pays donnera, sans qu'il y ait de doute, toutes les autorisations et les facilités nécessaires. La longueur de la ligne télégraphique sera d'environ 18 kilomètres seulement.

(2) Le naphte et les graisses lourdes minérales peuvent aussi être employés, mais leur prix est augmenté considérablement par les transports de Tiflis à Achtala.

Les bois destinés à servir de combustibles reviennent à environ 13 roubles (32 fr. 50 c.) la sagène cubique, lorsqu'ils sont coupés (long 0^m,70 à 0^m,80), et apportés à la mine (diamètre minimum 0^m,08).

Les bois destinés aux travaux de mines (long. 1 sagène — 2^m,134) — (diamètre 0^m,25) choisis parmi les arbres les plus droits, chênes, ormes, reviennent à R. 0,80 = Fr. 2 la pièce. Ces bois de première qualité ne seront employés que pour les travaux très importants. Les galeries moins utiles seront boisées avec des pièces choisies dans les bois de combustibles.

Les charbons de bois apportés à la mine coûtent R. 0,20 par poud, soit R. 12.50 = 31 fr. 25 la tonne. Ils sont en général mal carbonisés, mais il sera facile de modifier leur qualité en surveillant la construction des meules.

Les bois de construction sont variables de prix, suivant le poids des pièces, les dépenses étant beaucoup plus considérables pour les transports des arbres de grandes dimensions. Quant à la valeur de l'arbre lui-même, pris sur pied, elle est presque nulle (R. 1,00 un arbre au choix).

Les propriétaires des forêts qui avoisinent Achtala, demandent cômme redevance pour donner le droit de couper le bois R. 2 par sagène cubique, prix relativement élevé pour le pays et qui forcera peut-être à prendre les bois un peu plus loin, dans la vallée de Débédé tchaï.

Les bois et combustibles seront fournis par contrats moyennant des prix au plus égaux à ceux indiqués ci-dessus. La même personne se charge de faire les caisses nécessaires aux transports de minerais, en fournissant les planches et la main-d'œuvre moyennant R. 0,30 = Fr. 0,75 par caisse pouvant renfermer de 8 à 10 pouds.

Il sera nécessaire d'avoir en magasin une assez grande quantité de combustibles, de bois de mines et de caisses pour l'envoi des minerais.

IX. — Usine. — Les minerais uniquement cuivreux devront être' traités sur place. Les produits seront vendus dans le pays, le prix du cuivre étant beaucoup plus élevé en Russie que dans toutes les autres contrées. Le gouvernement russe protège l'industrie du cuivre à l'aide d'un droit d'entrée considérable (10 francs par poud, soit 625 francs par tonne (1).

Le seul combustible industriellement utilisable étant le bois, la méthode suédoise est la seule qui puisse être adoptée.

En prévision d'une grande extension de l'affaire, nous installerons l'usine pour un traitement annuel de 10,000 tonnes de minerai, soit pour environ 1,000 tonnes de cuivre métallique.

Les matériaux nécessaires à la construction des fours se trouvent au Caucase aux prix et conditions suivantes :

Argile réfractaire de Tchardakly. . . R.   7 » = Fr. 17,50 le mètre cube.
Pierres réfractaires de Tchardar. . . R.   4,50 = Fr.   3,75 la pièce.
Briques ordinaires (faites à Achtala). R. 10 » = Fr. 25 » le mille.

Les dépenses d'établissement de l'usine sont les suivantes :

	R.		Fr.	
Affectation des terrains aux tas de grillage R.	500	» = Fr.	1,250	»
4 fours pour la 2ᵉ opération à 15,000 fr. l'un. R.	24,000	» =	60,000	»
120 cases de grillage à 150 francs l'une . . R.	7,200	» =	18,000	»
2 fours d'affinage et raffinage . . . . . . R.	10,000	» =	25,000	»
Machine soufflante et accessoires . . . . . R.	10,000	» =	25,000	»
40×12 mètres de hangar pour fours à cuve. R.	2,120	» =	5,300	»
40 × 12 mètres de hangar pour cases de grillage. . . . . R.	2,120	» =	5,300	»
Stock d'outils de métallurgie . . . . R.	1,400	» =	3,500	»
Travaux divers. . . . . R.	2,000	» =	5,000	»
Imprévu . . . . R.	4,000	» =	10,000	»
Total. . . R.	63,340	» = Fr.	158,350	»

(1) Ce droit d'entrée est de création récente (mai 1886). Le gouvernement russe l'a mis en raison de la crise que subit en ce moment l'industrie du cuivre dans le monde entier ; le prix de la tonne est aujourd'hui en France d'environ 1,050 à 1,080 francs.

Ainsi composée, l'usine couvrira une superficie d'environ 2 hectares. Ces terrains peuvent être pris dans le vallon d'Achtala, près du ruisseau qui donnera la force nécessaire pour la soufflerie de l'usine (80 mètres cubes d'air par minute).

Le prix de revient d'une tonne de minerai sera le suivant :

Extraction de 8 à 12 tonnes de minerai.	R.	18,30 = Fr.	45,75
Charbon de bois (environ 15 tonnes à 32 francs). .	R.	192 » =	480 »
Bois (12 stères à 5 francs)	R.	24 » =	60 »
Main-d'œuvre (45 journées à R. 0,50).	R.	22,50 =	56,25
Entretien du matériel	R.	20 » =	50 »
Frais généraux	R.	10 » =	25 »
Transport d'Achtala à Tiflis.	R.	16,25 =	40,65
Redevance à l'État (R. 0,75 par poud)	R.	46,90 =	117,20
	Total : R.	349,95 = Fr.	874,85

Le prix du cuivre varie en Russie de 10 à 12 roubles le poud. Nous prendrons pour base de nos calculs le prix de R. 10 », soit R. 625 », par tonne = Fr. 1.562,50. Les bénéfices par tonne seront donc de Fr. 1.562,50 — 874,85 = Fr. 687,65. Les pertes dues à la métallurgie (12 0/0 environ) sont comprises dans cette estimation, le métal étant compté à son prix minimum et les frais au maximum.

Le vallon d'Achtala se prête admirablement à l'installation des usines. Les minerais, à leur sortie de la mine, descendront par wagon jusqu'au magasin de l'usine, et les scories seront jetées au fond de la vallée dans des terrains très vastes en contre-bas de l'usine.

Les combustibles seront apportés dans des terrains situés au-dessus des installations métallurgiques, qu'une route traversera, afin de faciliter le chargement du métal pour son transport à Tiflis.

Une retenue d'eau permettra d'accumuler une force considérable qui sera employée aux ateliers, à la soufflerie (1) et aux scies desti-

---

(1) La soufflerie de l'usine, 80 mètres cubes d'air à la minute, exigera trois chevaux de force. L'air sera donné dans les fours avec une pression d'environ 0m,60.

nées à débiter les bois. L'usine elle-même sera traversée par de
l'eau courante.

X. — Constructions. — Les usines, magasins, bureaux et maisons
des employés indigènes seront construits dans les terrains situés
entre la route (Trinité-Saint-Georges) et le ruisseau d'Achtala. Le
village des ouvriers devra être construit sur le flanc du coteau
situé à l'ouest du ruisseau, à côté de la dérivation d'eau qui traverse le monastère. Les ouvriers sont habitués à bâtir eux-mêmes
leurs habitations; il suffit de leur assigner un emplacement.

Les habitations du personnel européen seront construites dans les
champs qui s'étendent entre la chapelle Saint-Georges et les rochers
à l'ouest.

La position des diverses constructions est absolument fixée à
l'avance; les terrains plats étant extrêmement rares sur la terre
d'Achtala, il serait très difficile de trouver d'autres emplacements
pour les diverses maisons.

Les plans de détail et les devis des bâtiments ont été faits sur
place; c'est à l'aide de ces documents qu'ont été établis les prix
inscrits aux frais d'installation.

XI. — Jardins, cultures. — Il sera peut-être utile de favoriser
à Achtala la création de la culture qui pourrait devenir nécessaire
aux besoins des ouvriers, car, à cause des transports, la vie de-
viendrait rapidement dispendieuse et la main-d'œuvre augmente-
rait de prix. Quelques années après la mise en valeur de la mine,
la population atteindra rapidement 12 à 1,500 personnes. Il est in-
dispensable que le terrain lui-même fournisse l'existence à bon
compte aux habitants.

La propriété renferme des terrains très facilement cultivables et
d'une grande fertilité et, dans les terres du voisinage, il sera facile,
moyennant un prix très modeste de location, d'établir des cultures
importantes.

Actuellement, la terre d'Achtala renferme des forêts, dés pâtu-

rages, des jardins et des vignes qui, plus tard, suffiront ample-
ment aux besoins du personnel européen.

XII. — **Police.** — Bien que le pays soit très sûr, il est indispen-
sable d'avoir à Achtala un poste de 4 ou 6 Cosaques chargés de
veiller sur la caisse et, le cas échéant, de faire respecter les ordres de la direction. Ces soldats seront fournis par le gouvernement
et à la solde de la Compagnie. Dans le cas où des désordres viendraient à se produire, il serait facile d'obtenir des secours du poste
de police de Choulavéry (25 kilomètres), ou du régiment de Cosaques en garnison à Kélikludj (30 kilomètres).

Frais généraux annuels.

	ROUBLES		FRANCS
a. PERSONNEL :			
Directeur.	16.000	=	40.000
Ingénieur	8.000	=	20.000
Comptable et chimiste	4.000	=	10.000
Interprète	1.560	=	3.900
Garçon de bureau	1.000	=	2.500
Maître mineur	1.200	=	3.000
Maître fondeur.	1.200	=	3 000
Police (4 Cosaques).	960	=	2.400
Garde assermenté	180	=	450
Garde du magasin des outils	300	=	750
Garde du magasin des minerais.	300	=	750
Courrier	600	=	1.500
b. DÉPENSES DIVERSES :			
Travaux de recherches	10.000	=	25.000
Entretien des chemins	300	=	750
— des bâtiments	800	=	2.000
— des conduites d'eau.	200	=	500
Nourriture des chevaux.	1.200	=	3.000
A reporter. . . .	47.800	=	119.500

	ROUBLES	FRANCS
Report	47.800 =	119.500
Frais de bureau . . . . . ;	1.500 =	3.750
Frais de laboratoire	2.000 =	5.000
Déplacement de la direction	2.000 =	5.000
Dépôt à Tiflis	500 =	1.250
Réserve au siège social.	9.000 =	22.500
Imprévu.	4.200 =	10.500
TOTAL	67.000 =	167.500

Frais d'installation.

a. TRAVAUX DE MINES :

Sou Yoll.	2.500 =	6.250
Galerie Sainte-Marie	25.000 =	62.500
Traçages.	20.000 =	50.000

b. USINE . . . . 63.340 = 158.350

c. CONSTRUCTIONS :

Maison de la direction.	8.900 =	22.250
— de l'ingénieur	4.500 =	11.250
— du comptable-chimiste	3.000 =	7.500
— de l'entrepreneur des transports, fournisseur de bois.	3.000 =	7.500
— de l'interprète	650 =	1.625
— du maître mineur	720 =	1.800
— du maître fondeur	720 =	1.800
— de la police	1.200 =	3.000
— des chefs de chantier	2.500 =	6.250
— des gardes-magasins.	350 =	875
— d'ouvriers	1.800 =	4.500
Laboratoire.	2.500 =	6.250
Bureau	1.200 =	3.000
Magasins des outils et des minerais. . .	2.550 =	6.375
A reporter . . .	144.430 =	361.075

	ROUBLES		FRANCS
Report	144.430	=	361.075
Poudrière	70	=	175
Moulin et ateliers	4.500	=	11.250
Bains	400	=	1.000
d. TRAVAUX DIVERS			
Établissement de routes	2.500	=	6.250
— de jardins	1.500	=	3.750
Détournement d'eau	1.200	=	3.000
Établissement de voie ferrée et matériel roulant	21.250	=	53.125
e. STOCKS DIVERS :			
Stock d'outils de mine et de métallurgie.	12.100	=	30.250
— de combustible (charbon et bois) .	7.000	=	17.500
— de bois de mines	450	=	1.125
— de caisses	1.000	=	2.500
f. FRAIS DIVERS :			
Voyage du personnel	3.150	=	7.875
Achats de chevaux et bétail	4.500	=	11.250
Six mois de frais généraux.	33.500	=	83.750
Imprévu.	12.450	=	31.125
TOTAL	250.000	=	625.000

Établissement du fonds de roulement.

	ROUBLES		FRANCS
6 mois de frais généraux	33.500	=	83.750
3 mois de combustibles	11.250	=	28.125
6 mois de caisses pour minerais . .	10.000	=	25.000
3 mois de bois de mines.	1.000	=	2.500
6 mois de main-d'œuvre	20.000	=	50.000
6 mois de transports de minerais. .	13.000	=	32.500
Imprévu.	11.250	=	28.125
TOTAL . .	100.000	=	250.000

Une réserve de 50,000 roubles (125,000 francs) sera créée afin de subvenir aux frais nécessités par les améliorations qui seraient jugées nécessaires.

Le capital versé sera donc réparti comme suit :

Acquisition de la terre d'Achtala . .	R. 200.000	Fr.	500.000
Frais d'installation.	250.000		625.000
Fonds de roulement	100.000		250.000
Réserve.	50.000		125.000
TOTAL.	R. 600.000	Fr.	1.500.000

CONCLUSION

Spécialement favorisée par l'abondance et l'extrême bas prix de la main-d'œuvre et des combustibles, ainsi que par la nature même du gisement, l'exploitation d'Achtala promet le plus brillant avenir. En effet, dès que les travers-bancs et les traçages nécessaires à l'exploitation auront été terminés, il sera facile de produire par an 1,000 tonnes de cuivre métallique et d'expédier en Europe la même quantité de minerais d'argent. Cette production correspond à une extraction annuelle de 24,000 tonnes de minerai environ, soit par jour 80 tonnes, c'est-à-dire 20 ou 25 mètres cubes. Or, une semblable exploitation suppose que 50 ouvriers seulement seront employés à l'abatage du minerai, il sera facile d'en mettre 150 ou 200 dans les chantiers. La production sera alors triplée ou quadruplée.

Voici quels seront les résultats fournis par une semblable exploitation :

Recettes : 1,000 tonnes de cuivre à Fr. 1,562 l'une Fr.   1.562.000
          1,000 tonnes de minerai à Fr. 800 l'une. .   800.000

                 TOTAL. . . . . . Fr. 2 362.000

Dépenses : Frais généraux. . . . . Fr.   168.000
           Extraction des minerais 180.000
           Métallurgie 800.000
           Transports. 100.000
           Imprévu. 50.000

                TOTAL. . . . . Fr. 1.298.000

       Recettes : 2.362.000 francs.
       Dépenses : 1.298.000 francs.

   Bénéfice, différence : 1.064.000 francs.

Dans tout ce qui précède, je me suis toujours placé autant que possible en dessous de la vérité dans l'évaluation de la richesse d'Achtala, excluant avec grand soin toutes les données dont je n'ai pas pu vérifier moi-même l'authenticité. J'ai de même compté au prix fort toutes les dépenses d'exploitation et de métallurgie, afin de mettre les exploitants à l'abri de toute surprise.

Paris, 7, avenue de Villars,
le 28 juin 1886.

J. DE MORGAN,
Ingénieur civil des mines.

TABLE DES MATIÈRES

PREMIÈRE PARTIE

Considérations générales.

Pages.

I. Situation géographique.. 3
II. Géologie générale. 5
III. Historique.. 6
IV. Anciens travaux 8
V. Ancienne méthode de travail. 10
VI. Anciens procédés métallurgiques. 11
VII. Forêts.. 12
VIII. Eaux. 12
IX. Conditions économiques générales.. 13
X. Études de recherches. 14

DEUXIÈME PARTIE

Étude technique.

I. Étude géologique du gîte. 16
II. Nature des minerais. 20
III. Évaluation de la valeur du gîte. 23

TROISIÈME PARTIE

Étude économique.

I. Méthode d'exploitation proposée 25
II. Main-d'œuvre. 29
III. Voies ferrées 34
IV. Routes. 35

	Pages.
V. Conduites d'eau.	35
VI. Transports.	36
VII. Poste et transports d'argent	38
VIII. Bois et combustibles	38
IX. Usine	40
X. Constructions.	42
XI. Jardins, cultures.	42
XII. Police.	43
CONCLUSION	47

EXPLICATION DES PLANCHES

Pl. I. Plan de la propriété d'Achtala.
   Carte du Caucase, route suivie pour le transport des minerais d'Achtala
   à la mer Noire.

Pl. II. Fig. 1. Plan des ancien travaux d'Eminoglé.
   Fig. 2. — — de Kasina.
   Fig. 3. — — de Sou Yoll.
   Fig. 4. — — de Polykron.
   Fig. 5. a, b, c, etc., k. Coupe des filons.
   Fig. 6. Coupe des travaux projetés.

IMPRIMERIE CENTRALE DES CHEMINS DE FER. — IMPRIMERIE CHAIX. — RUE BERGÈRE, 20, PARIS. — 14586-6.

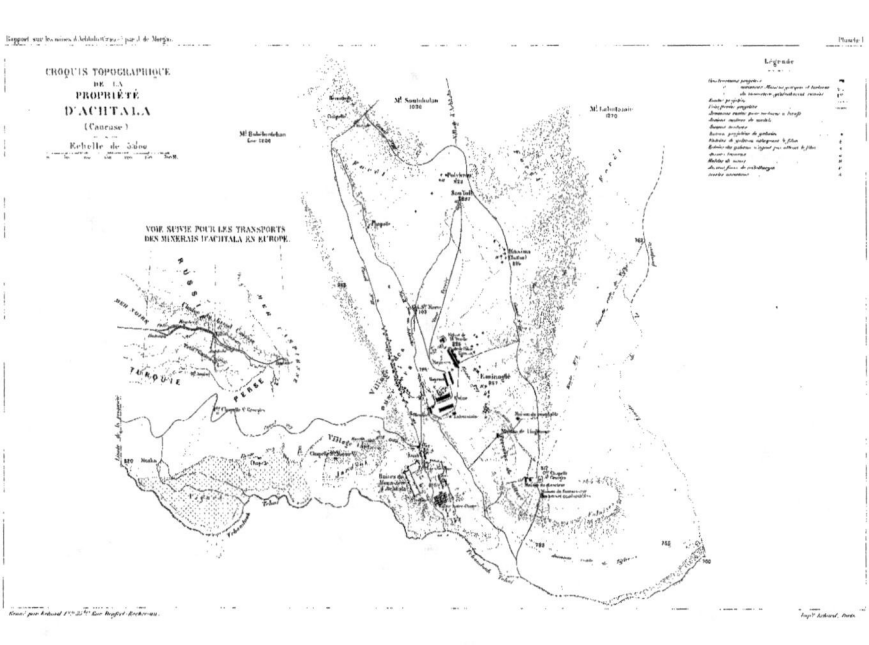

CROQUIS TOPOGRAPHIQUE
DE LA
PROPRIÉTÉ
D'ACHTALA
(Caucase)

Echelle de 5dive

VOIE SUIVIE POUR LES TRANSPORTS
DES MINERAIS D'ACHTALA EN EUROPE.

Légende

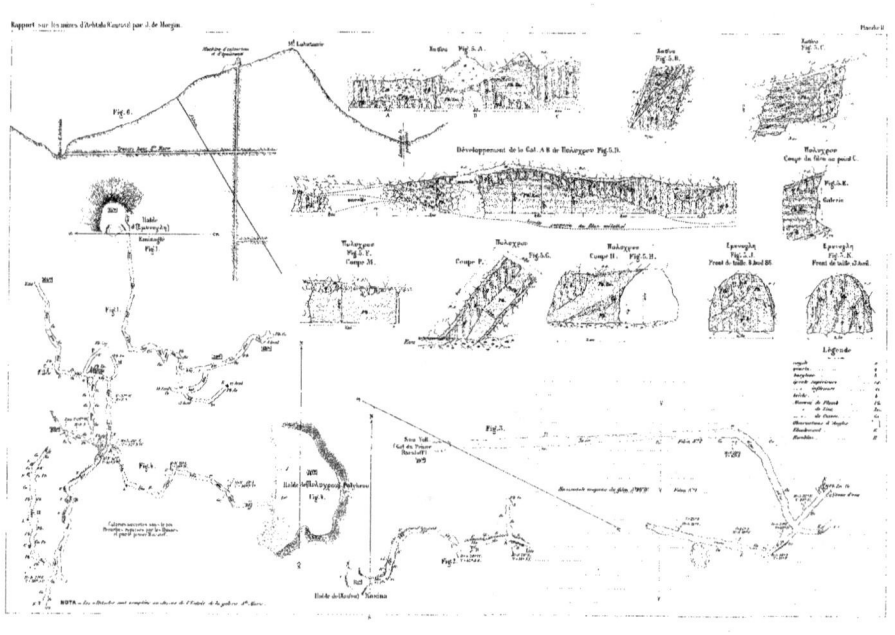